Brigitte Anna Lina Wacker

Sterne
in dunkler Nacht

Wahre Geschichten

Liebevolle Erinnerungen an

Oma Anna
Sophie
Gerda
Gretel

Herstellung und Verlag
BoD - Books on Demand, Norderstedt
ISBN: 978-3-7519-3214-1

<u>Oma Anna und das Haus meiner Kindheit</u>

„Oma, du weinst ja!" Mit großen Kulleraugen sah mich die kleine Ellen an. „Bist du traurig?"
„Ach Kleines, komm mal auf meinen Schoß!"
Zwei kleine Ärmchen umschlangen meinen Hals und ein feuchter weicher Mund drückte einen nassen Kuss auf meine Wange.
„Oma, hast du auch eine Oma?" Neugierig sah mich die Vierjährige an.
„Ja, ich hatte auch eine Oma." Ich fühlte mich schon wieder viel besser. „Ich hatte sogar zwei Omas. Die Mama von meiner Mama hieß Lina und wohnte gut zwei Fahrradstunden von uns entfernt. Die Mama von meinem Papa hieß Anna und wohnte mit meinem Opa Wilhelm zusammen mit uns in einem großen Bauernhaus. Bei uns lebten eine Katze, ein Hund, zwei Schweine, eine Kuh und ganz viele Hühner. Wir hatten einen großen Garten, in dem unser Gemüse wuchs. Es gab einen

kleinen Obsthof mit alten Apfel-, Birn- und Zwetschgenbäumen. Für die Kuh hatten wir drei große Weiden, damit sie im Sommer genug zu fressen hatte. Eine der Weiden wurde gemäht und wir machten Heu, damit die Kuh auch im Winter genügend Futter hatte. Dann besaßen wir noch einen Acker, auf dem wir Kartoffeln, Kohl und Getreide anbauten."

Jetzt wurde die Geschichte zu lang für die kleine Ellen. Unruhig rutschte sie von meinem Schoß und lief durch den großen Garten zu ihrer Spielecke mit Sandkasten, Schaukel und Rutsche. Im hinteren Teil des Gartens war mein Sohn gerade dabei, Beete und Rasenflächen anzulegen. Der Hausbau war abgeschlossen. Nun galt es, die Außenarbeiten zu erledigen. Ich brauchte mich daran nicht zu beteiligen, sondern war eingeladen, hier in der Sonne zu liegen und mich zu erholen. Bevor ich mich meinen Tagträumen hingab, sah ich noch, wie meine Enkelin ihre Schaufel und einen kleinen Eimer holte, um ihrem Papa zu helfen.
Ich schloss die Augen, spürte die Sonne auf meiner Haut und ließ mich von meinen Gedanken in das großartige Reich meiner Kindheit tragen.

So lange meine Großeltern lebten, genoss ich aufregende Jahre. Unser Fachwerkhaus hatte neben den Wohnungen der Großeltern und Eltern Stallungen für die Tiere. Vom Hof aus kam man durch eine viergeteilte grüne Dielentür in einen geräumigen Vorraum mit Zementfußboden. Dort wurden allerlei Arbeitsgeräte gelagert, eine große Kiste mit Schrot für die Schweine, eine Maschine zum Schnetzeln von Grünfutter und ein riesiger Leiterwagen, der zur Heuernte eingesetzt wurde.

Die Heuernte war immer ein ganz besonderes Erlebnis. Wir Kinder waren oft mit Großvater auf der Wiese und durften beim Heu wenden helfen. Wir genossen den Duft des sommerwarmen trocknenden Grases, das anfangs so weich war und später herrlich rau piekste. Wenn es dann endlich ganz trocken war, half die ganze Familie beim Heu einbringen. Das Pony meines Onkels wurde vor den Leiterwagen gespannt und dann zur Wiese geführt. Dort wurde das viele Heu von den Erwachsenen mittels Heugabeln aufgeladen. Anschließend ging es fröhlich zurück zum Hof. Zwei Erwachsene mussten dem Pony beim Ziehen helfen, die anderen schützten seitlich vom Wagen die kostbare Fracht. Wir Kinder liefen, hüpften und sprangen hinterher und hätten gerne obenauf gesessen. Doch das durften wir nicht. Das Heu sollte luftig und sauber bleiben. Schließlich war es Futter und Streu für die Tiere und wir lernten früh, mit unseren Tieren gut und sorgsam umzugehen. Obwohl unsere Schweine geschlachtet wurden und unserer Nahrung dienten, wurden sie mit Respekt und Achtung behandelt.

Das Heu wurde auf dem geräumigen Dachboden gelagert. Über der Dielentür befand sich eine weitere Tür, durch die über eine Leiter das Heu mittels Heugabeln nach oben transportiert wurde. Oben auf dem Boden stand meistens mein Opa und zog das Heu hinein. In den folgenden Tagen wurde immer wieder gelüftet, damit eventuelle Restfeuchte nach draußen gelang.

In meiner Kindheit habe ich viele Bauernhöfe brennen sehen. Die Ursache dafür war das feuchte Heu, das sich unter dem Dach erwärmte und schließlich anfing zu brennen. Davor hatten auch meine Großeltern und Eltern große Angst und so musste bei sommerlichen Temperaturen immer wieder nachgeschaut werden, dass alles in Ordnung war.

Zum Dachboden kam man über eine alte morsche Holzleiter, deren Sprossen mitunter zerbrachen. Auf diesen Boden durften wir Kinder nur unter Aufsicht klettern. Mein Opa hielt die Leiter fest und wir begaben uns dann nicht auf den Heuboden, sondern auf den anderen Teil der großen Fläche. Dort wurde alles gelagert, was wir nicht mehr brauchten. Es war ein richtiges Paradies für uns. Alte, vom Holzwurm zerfressene Möbel standen dort. Wir entdeckten geheimnisvolle Kisten mit alten Musikinstrumenten, Holzkeulen, alten Schuhen und Stiefeln sowie zerbrochenen Gerätschaften und vieles mehr.

Alle paar Jahre wurde hinter dem Haus eine tiefe Grube gegraben und alles Unbrauchbare dort hineingeworfen. Die ausgehobene Erde musste wieder mühsam daraufgeschaufelt werden und somit wurde der Müll regelrecht beerdigt. Ich kann mich an eine Zither erinnern, die ich versuchte zu retten. Leider wurde mir das verrostete Teil dann doch aus der Hand genommen und sie wurde Opfer der Zerstörungswut meiner Eltern und Großeltern. Oma tröstete mich anschließend. Sie holte mich in ihre Stube und filterte Kaffee nach, den ich dann mit drei oder vier Stückchen Zucker gesüßt trinken durfte.

Mit vier Jahren konnte ich bereits Zeitung lesen und durfte meiner Oma einzelne Artikel vorlesen. Nach dem Kaffeetrinken spielten wir Karten. Ein heiß geliebtes Kartenspiel hieß „Hahn und Henne", das alle Familienmitglieder kannten und gerne miteinander spielten. Alle hatten Freude daran. Wer verlor musste entweder krähen oder wie ein Huhn gackern.

Meine Oma war eine geduldige Frau, bei der ich auch Staubwischen durfte. Dazu bekam ich einen Pinsel in die Hand und durfte die

Verzierungen und Schnitzereien ihres Sorgensessels und der anderen Stühle sauber putzen.

In der *„Sniederfier"*, das heißt Schneiderfeier und bedeutet: *„in der Dämmerung"*, durfte ich auf Omas Holzschemel neben ihrem Sessel sitzen. Dann ruhte sie aus und schaute nach draußen. Radio hörte sie nur selten und einen Fernseher gab es noch nicht. Wir sahen dem Lichtschein der wenigen vorbeifahrenden Autos nach. Dieser Lichtschein drang durch ein kleines Seitenfenster in das Wohnzimmer ein, um anschließend durch zwei weitere Fenster von der einen Wand zur anderen zu huschen und für einen kurzen Moment das Zimmer in ein diffuses Licht zu hüllen. Wir versuchten dann, mit unseren Händen Tiere als Schattenspiel an die Wand zu zaubern. Unser Spiel erforderte viel fleißiges Üben. Besser funktionierte es bei Kerzenlicht, aber Kerzen waren sehr teuer und man musste sparsam damit umgehen.

Ich war täglich bei meiner Großmutter und sang ihr Lieder vor, erzählte von meinen Kletterkünsten in den Apfelbäumen, von Fröschen und Libellen, die ich gesehen hatte und von den Erlen, die am Graben vor dem Haus wuchsen und in denen mein Bruder und ich uns aus Zweigen, Ästen und Laub kleine Höhlen bauten.

Wir alle hatten viel und gut zu essen. Schließlich verstanden sich meine Eltern und Großeltern auf das Wurstmachen. Mitten im Haus gab es eine kleine Rauchkammer. Dort wurde der Schinken geräuchert. Für diese Arbeit war anfangs mein Großvater zuständig. Später wurde diese Verantwortung an meine Mutter weitergegeben. Mein Vater verstand von diesem Handwerk nicht viel. Er arbeitete tagsüber im Büro und war abends noch für ein Versicherungsunternehmen und für die Deutsche Bundespost tätig. Er verdiente nicht sonderlich viel, doch da wir uns mit Fleisch, Eiern, Gemüse und Kartoffeln selbst versorgten, reichte das Geld meistens. Die Milch unserer Kuh lieferte meine Oma an die Molkerei. Unsere fruchtbaren Wiesen gaben der Kuh gute Nahrung und unsere Kuh schenkte uns dafür fette Milch. Manchmal schöpfte meine Großmama an zwei bis drei Tagen die Sahne ab und machte Butter daraus.

Einen Teil der Milch behielten wir für uns. Diese Milch wurde abgekocht und dann für Milchreis, Milchsuppe oder Kakao verwendet.

Und dann die vielen Eier unserer Hühner! Es standen oft und reichlich Rührei mit Speck, Pfannkuchen, Spiegelei und gekochte Eier auf unserem Speiseplan. Wenn dann immer noch zu viele Eier übrig blieben, wurden sie gekocht und auf Brot geschnitten. Auf diese Weise sparten wir unsere wertvolle Wurst. Nur selten verkaufte meine Oma Eier an benachbarte Familien, doch gab es ein wenig Geld dafür. Obwohl die Hühner bei uns durch den Obsthof und einige Teile der Grünanlagen frei laufen und scharren durften, musste sehr viel Futter zugekauft werden und das war teuer.
Für meine Großeltern war es eine arbeitsreiche und entbehrungsreiche Zeit. Wir Kinder, mein Bruder und ich, spürten davon noch nicht viel. Wir waren immer hungrig und aßen gerne und viel.

Unser Haus hatte ein schützendes Dach aus Reet. Großvater schnitt dieses Reet im Spätsommer, damit er, wenn der Sturm unser Dach mit großen Löchern versah, diese auch wieder flicken lassen konnte. Mein Opa kam oft mit blutenden zerschnittenen Fingern nach Hause.
Das Reet zu schneiden war eine unangenehme Arbeit und Oma musste abends seine Hände

immer wieder verbinden. Sie schimpfte dann, weil er die groben Arbeitshandschuhe nicht anzog. Jedoch konnte mein Opa mit bloßen Händen viel schneller und effektiver arbeiten.

Von der großen Diele unseres Bauernhauses kam man direkt in die Küche meiner Großeltern. An der rechten Wand stand ein hölzerner Küchenschrank mit einem dreitürigen Unterschrank, auf dem ein etwas kleinerer, ebenfalls dreitüriger Oberschrank stand. Der Mittelteil hatte Glastüren, damit jeder das Geschirr und schöne Gläser sehen konnte. Der Küchenschrank diente nicht nur als Geschirrschrank, sondern es wurden darin ebenfalls Zucker, Mehl und andere Lebensmittel bevorratet. Hinter der linken oberen Tür bewahrte meine Oma in großen Einweckgläsern und nach den Legetagen geordnet die Eier auf. Einen Kühlschrank gab es leider noch nicht.

Neben dem Küchenschrank führte eine Tür in die Speisekammer. Wenn wir geschlachtet hatten, wurden die Mettwürste dort zum Lufttrocknen aufgehängt. Das sah sehr lecker aus. Einige Regale waren auf einem Podest an der Wand angebracht, um Leberwurst, Rotwurst und Sülze, die in kleine Gläser eingekocht waren, zu lagern. Über eine kleine Holztreppe gelangte man in den unteren Teil der Kammer, einen Miniaturkeller. Durch das hohe Grundwasser stand dieser Keller leider oft unter

Wasser. Dann musste die ganze Familie antreten zum Wasserschöpfen. Zuerst ging es mit Eimern, dann mit Blechdosen und schließlich mit Leuwagen und Feudel zu Werke. Alles musste sehr schnell geschehen, denn im Keller stand auf einem niedrigen Podest eine mit Pökelsalz gefüllte Holzkiste. Dort hinein kam das Fleisch, um gepökelt zu werden, d.h. es wurde haltbar gemacht. Wie gesagt, es gab keine andere Kühlmöglichkeit.

Der Fußboden der Küche war schwarz-weiß gefliest. Die Küche hatte eine Außentür, die den Gästen des Hauses als Eingangstür diente. Von dort aus kam man direkt in den Blumengarten meiner Großeltern.
Vor dem großen Sprossenfenster stand ein riesiger Holztisch, der einen schwenkbaren Auszug besaß. Bediente man diesen, so gab er zwei eingelassene emaillierte Schüsseln frei. In der einen Schüssel wurde abgewaschen, in der anderen das saubere Geschirr zum Abtropfen hineingestellt. Natürlich war es auch im Sommer absolut praktisch, die Früchte und das Gemüse dort zu waschen.

Der Tisch bot sechs Personen die Möglichkeit zum Essen und zur Küchenarbeit. Nach dem Mittagessen wurde eine saubere bestickte Decke aufgelegt zum Zeichen, dass die Arbeitszeit in der Küche beendet war. Ein paar

Blümchen standen immer auf dem Tisch, damit alles adrett und ordentlich aussah.
Lieber Besuch durfte jedoch nie in der Küche sitzen. Das war den Lieferanten und dem Schornsteinfeger vorbehalten.

Zwischen dem Tisch und der Tür zum kleinen Hausflur stand ein weißer Eisenherd, der mit Holz, Brikett und Kohlen auch den Raum beheizte.
Der Herd verfügte über einen geräumigen Backofen. Außerdem gab es Herdplatten. Das waren mehrere ineinander greifende geschmiedete Ringe, die es ermöglichten, verschieden große Töpfe und Pfannen zum Kochen zu verwenden. Der Herd wurde übrigens auch benutzt, um die Wäsche auszukochen, denn eine Waschmaschine gab es nicht. Dazu wurde ein großer Topf mit Seifenwasser und der schmutzigen Wäsche zum Kochen gebracht. Die Wäsche wurde dann mit einem Rundholz „durchgestukt". Das bedeutet, dass die Wäsche durch Stoßen und Rühren immer wieder untergetaucht wurde. Anschließend kam die Wäsche in eine Zinkwanne, die auf zwei Hockern stand und wurde mittels Waschbrett und mit bloßen Händen saubergewaschen.

Das Wasser für die Wäsche und auch zum Trinken mussten wir vom Dorfbrunnen holen. Meist erledigte dieses mein Großvater, während meine Mutter und meine Oma das Wasser zum Trinken abkochen mussten, denn eine Wasserleitung gab es noch nicht. Die Wäsche musste mehrfach gespült werden, bis das Wasser klar und sauber war. Dann wurde dieses in einem Regenfass, Kannen und Töpfen gesammelt und weiterhin zum Blumengießen verwendet. In sehr trockenen Sommern gab der Dorfbrunnen kein Wasser mehr und das war sehr schlimm für alle. Dann mussten wir das teure Wasser in Flaschen kaufen und durften uns auf keinen Fall schmutzig machen.

Eine lustige Anekdote fällt mir dabei ein. Meine Oma goss immer den Inhalt ihres Nachttopfes an ihre schönen Teerosen. Diese Rosen blühten herrlich und beschenkten alle mit einem süßen berauschenden Duft. Meine Oma wurde immer wieder gelobt für ihr gutes Händchen in Bezug auf ihre Rosen. Es war unser Geheimnis, wie sie diese Blumen zum Blühen und Gedeihen brachte.

Der Waschtag war immer furchteinflößend für uns Kinder. Während meine liebe Oma ihre schwere Arbeit ohne zu klagen erledigte, war meine Mutter an diesen Tagen übellaunig und wütend.
Wenn die Wäsche endlich gewaschen und gespült war, musste sie kräftig ausgewrungen werden. Das war sehr anstrengende Arbeit. Schließlich gab es keine Wäscheschleuder,

geschweige denn einen Wäschetrockner. Die Wäsche wurde anschließend draußen an die Leine gehängt und vom Wind getrocknet. Schlimm jedoch war, wenn es über Tage regnete. Dann durften wir uns auf keinen Fall schmutzig machen, schließlich gab es keine Möglichkeit, die Wäsche zu trocknen.

Bei meinen Großeltern war es anders. Sie hatten als Ausweichmöglichkeit die Diele. Dort befand sich eine Wäscheleine, jedoch wurde auch diese nur im äußersten Notfall genutzt, schließlich duftet es in Stallungen nicht nach Parfum und Tiergeruch in frisch gewaschener Wäsche war nicht gerade wünschenswert. Es gab aber vor und über dem Küchenherd eine Metallstange, über der man wenige Handtücher oder einige Bekleidungsstücke trocknen konnte.

Wenn meine Mutter schlechte Laune hatte, bedeutete Omas Wohnung oftmals einen wichtigen Zufluchtsort für mich, denn ich war zur großen Enttäuschung meiner Mutter als Mädchen zur Welt gekommen. Sie hatte sich nun mal einen zweiten Sohn gewünscht und haderte schwer damit, dass ihr dieser Wunsch nicht erfüllt worden war. Sie ließ es mich durch Strenge oftmals spüren. Mutter arbeitete viel und war fleißig, doch sie war grundsätzlich nicht zufrieden mit ihrem Leben. Irgendwann fing sie an, durch Alkohol ihre Unzufriedenheit und innere Leere zu vertreiben, doch sie verlor sich darin immer mehr.

Ich denke, mein Bruder wäre die bessere Tochter von uns beiden geworden, doch er sollte ein richtiger Mann werden. Das bedeutete für ihn, Holz hacken zu lernen, den Garten umzugraben, zu tapezieren und den Umgang mit Hammer und Nägeln zu erlernen. Er stand jedoch viel lieber bei meiner Mutter in der Küche und sah ihr beim Kochen zu. Doch das war nicht gewünscht! Diese Arbeiten sollte ich erlernen!

Leider hatte ich überhaupt keine Ambitionen, das Geschirr abzutrocknen oder Kartoffeln zu schälen, die Quecken aus der Hecke zu zupfen bzw. im Garten das Unkraut zu ziehen. Ich hätte lieber den Umgang mit der Sense gelernt und das Holzhacken übernommen. Wenn meine Mutter einkaufen ging, übte ich diese Arbeiten heimlich. Doch wenn sie mich erwischte, gab es richtig Ärger. Auch sollte ich mit Puppen spielen, was mir ebenfalls keine Freude bereitete. Lieber tobte ich mit den Freunden meines Bruders herum, sprang über Gräben und aus dem Geäst der Obstbäume.

Meine Oma mochte mich trotz meiner Andersartigkeit. In ihrer Gegenwart fühlte ich mich angenommen. Oft lief ich zu ihr in die Küche. Sie ließ dann ihre Arbeit liegen und hatte Zeit für mich und mein nie still stehendes Plappermäulchen. Meine Oma war ein Ort des Schutzes und der Liebe für mich. Sie legte sehr oft ihre schützende Hand über mich und hatte mich sogar noch lieb, als ich ihr eines Tages eine tote Maus auf die Schürze legte. Ich wusste, dass meine Oma Angst vor Mäusen hatte. Unsere Katze fing oft Mäuse, ohne diese zu fressen. Dann lagen sie überall herum. Ich fand die Mäuschen niedlich und brachte sie zum nahen Graben, um sie dort abzulegen, damit sie nicht einfach in den Müll geworfen wurden. Oma war sehr erschrocken über die tote Maus, aber sie schimpfte nicht mit mir. Ihre Worte waren viel schlimmer! Sie sagte mir ganz ruhig, dass ich ein böses Mädchen sei und sie darüber sehr traurig wäre. Ich schämte mich für mein Verhalten und bat weinend um Verzeihung. Doch sie tat, als höre sie mich überhaupt nicht. Tränen flossen wie Sturzbäche, doch auch das rührte sie nicht sonderlich. Sie saß nur da und schaute aus dem Fenster. Ach, wie froh war ich, als meine Oma endlich wieder gut mit mir war. Aber das dauerte sehr lange für ein kleines Mädchen. Sicher waren es gefühlte viele Tage und nicht bloß wenige Minuten. Ich habe meine Oma nie wieder geärgert.

Die Wohnung meiner Großeltern war geräumig und ich fand es dort behaglich und kuschelig. Mein Onkel war Malermeister und verschönte die Zimmer mit gestreiften oder geblümten Tapeten. Ich mochte den Geruch von Papier und Tapetenkleister. Für mich duftete es wie Parfum.

Wenn mein Onkel nicht persönlich anwesend war, ärgerten mein Bruder und ich gerne die Malergesellen und Lehrlinge. Dann schlichen wir um das Haus herum bis zu einem der geöffneten Fenster, sprangen plötzlich aus unserem Versteck und riefen: „Malermeister Schimmele", denn die Maler sahen in ihren weißen farbbeklecksten Kitteln aus wie befleckte Schimmel. Uns machte es eine große Freude, diese Worte zu rufen, bis eines Tages der Geselle im Zimmer vor dem Fenster bereits auf uns wartete und rief: „Warte nur, du kleiner Pöks, ich stecke dich gleich in den Farbtopf!"

Da war es aus mit dem Spaß und heulend lief ich davon.

Von der Küche meiner Großeltern kam man in einen kleinen Flur, der ebenfalls schwarz-weiß gefliest war. Auf der linken Seite stand ein großer schwarzer Kleiderschrank. Auf der rechten Seite des Flures hing eine hölzerne schwarze Garderobe mit Hutablage und einer kleinen Schublade. In dieser Schublade bewahrte Oma besagten Staubpinsel, ein Staubtuch und eine Kleiderbürste auf.

Gleich hinter der Garderobe ging es rechts in das Schlafzimmer. Das Zimmer war so klein, dass ein Schrank nicht mehr hineinpasste. Platz fanden nur das Doppelbett aus einfachem Rüsterholz und zwei einfache Nachtschränke, auf denen Lampen standen und Wassergläser für die dritten Zähne. Ich fand es äußerst lustig, dass meine Großeltern ihre Zähne herausnehmen konnten. Sie aber fanden es peinlich, als ich dieses Geheimnis entdeckte. Vor mir konnten sie nichts verheimlichen. Ich war überaus neugierig und fragte allen ein Loch in den Bauch.
Über dem Bett hing ein großes Bild mit goldenem Rahmen. Das war wunderschön anzusehen. Es tanzten Nymphen einen Reigen. Es war eine traumhafte Sphäre.

Wenn ich nachmittags zu meiner Oma ging, kochte sie für sich und Opa einen starken Kaffee. Das war eine richtige Prozedur. Erst einmal wurde im Herd Holz nachgelegt und in einem metallenen Wasserkessel das Wasser zum Kochen gebracht. Das ging immer sehr schnell. Die große Kaffeekanne wurde geholt, ein Porzellanfilter aufgesetzt und dieser mit einer Filtertüte versehen. Pro Tasse Kaffee kam ein Messlöffel gemahlener Kaffee in den Filter und dann wurde immer wieder kochendheißes Wasser aufgegossen. Der Kaffee duftete unbeschreiblich lecker. So etwas gibt es heutzutage nicht mehr.

Spannend war auch das Kaffeemahlen. Für diese Prozedur gab es eine Maschine aus bemaltem Holz, die mit einer Einfüllöffnung aus Metall versehen war. In diese wurde eine kleine Menge Kaffeebohnen gefüllt und dann wurde an einer Kurbel gedreht, die wiederum ein Mahlwerk in Gang setzte. Das Kaffeemehl fiel in eine kleine dafür vorgesehene Schublade. Ich versuchte das Kaffeemahlen immer wieder, jedoch reichte meine Kraft dafür überhaupt nicht aus. Oma hatte im Nullkommanichts diese Arbeit erledigt. Sie war eine starke Frau. Und dann schüttete sie das Kaffeepulver in eine buntgeblümte Blechdose auf Vorrat.

In jedem Jahr fuhren meine Großeltern nach Malente- Gremsmühlen in Urlaub. Mein Großvater war Bahnbeamter im Ruhestand und hatte verbilligte Fahrt. In der Zeit des Urlaubs durfte ich bei meiner Oma die Blumen gießen und außerdem jeden Tag in ihrer Veranda sitzen und meine Hausaufgaben machen. Die Veranda war ein kleiner quadratischer Raum, in dem ein Tisch mit fünf Stühlen stand. Kakteen und Geranien standen auf der Fensterbank. Es gab Wandvasen, die immer mit kleinen Blumen gefüllt waren und Wandblumentöpfe mit Glockenblumen, die nahezu immer blühten. Auf einem kleinen schwarz gelackten Schrank stand ein großes Radio. Es war mein Privileg, dass ich dieses Radio anstellen durfte, so klein wie ich war. Und dann durfte ich Kinderfunk und Musik hören, so lange ich Lust dazu hatte, ganz alleine. Sogar die Sender durfte ich verstellen. Niemand war böse mit mir. Im Gegenteil. Die Veranda hatte zu jeder Seite Sprossenfenster und an der rechten Seite eine Außentür, die immer verschlossen blieb, wenn ich alleine war. Die Außentür und die Tür, die vom Flur aus in diesen Raum führte, waren mit Türglocken ausgestattet, die ein bemerkenswertes *„Palimpalim"* erklingen ließen.

Ich habe später versucht, derartige Türglocken auf Flohmärkten zu finden, was mir aber nicht gelang. Niemand konnte unbemerkt durch diese Türen gehen. Es war schier unmöglich bei dem Lärm, den diese Glocken machten. Es hallte durch das ganze Haus. Ich fand das alles wunderschön und romantisch.
In jedem Jahr brachten mir meine Großeltern kleine Andenken aus Malente-Gremsmühlen mit. Mal war es ein mit Muscheln beklebtes Holzkästchen, in dem ich meine wenigen Ringe, Zopfhalter und andere Schätze verstaute, oder ein Plastik-Bambi, das mich bis heute durch die Zeit begleitet hat. Einmal bekam ich einen kleinen roten Fernseher geschenkt. Wenn man von unten auf einen Knopf drückte, wurden bunte Bilder von Malente und Umgebung sichtbar. Welch Kostbarkeiten in meinem jungen Leben.
Zur Wohnung meiner Großeltern gehörte natürlich eine Wohnstube. Ab fünfzehn Uhr

saßen wir, außer zur Erntezeit, in diesem gemütlichen Zimmer und ließen es uns gut gehen. Gleich neben der Tür lehnte Omas Sorgenstuhl, ein schwerer schwarzer Eichenstuhl mit gepolstertem Sitz. Gleich daneben stand das Herzstück des Raumes, der braune gekachelte Ofen, der dieses Zimmer mit gemütlicher Wärme versorgte. An der linken Zimmerwand stand ein rotes Sofa, auf dem meine Oma ihr Mittagsschläfchen hielt. Das hörte sich lustig an, denn sie schnarchte sonderbar: „*Grr Itschipüüh*." Diese Worte werde ich immer im Gedächtnis behalten. Dazu wackelte und bebte ihre Unterlippe. Es war genial. Ich vermochte so etwas nicht und schaute ihr oft und gerne dabei zu.

Neben dem Sofa stand, natürlich auch schwarz und gelackt, ein Wohnzimmerschrank. Der Zeit gemäß hatte dieser Schrank ein Oberteil mit Seitentüren aus Holz und einer mittleren Tür aus Glas, die herrlich eingravierte Muster hatte. Oben auf dem Schrank thronte eine schwarzfarbene Uhr, deren warmer Glockenklang alle fünfzehn Minuten das Haus erfüllte.

Der Tür gegenüber befand sich ein weiteres Sofa, doch dieses wurde unverständlicherweise *Couch* genannt. Sie war noch etwas weicher als das Sofa und gelblichbraun gefärbt. Davor stand ein kantiger schwarzer Tisch, auf dem meistens eine schlicht-weiße Tischdecke lag und darauf wiederum eine bestickte quadratische Decke. Die handbestickten Decken hatte allesamt meine Oma gefertigt. Sie konnte schöne Handarbeiten machen. Dazu gehörten auch Häkelarbeiten. Da es lediglich weiße Leinen- oder Baumwollbettwäsche gab, häkelte sie für die Kopfkissen aus weißem Garn längliche Einsätze mit unterschiedlichen Mustern und nähte diese in dafür vorgesehene Öffnungen ein.

Über der Couch hing ein großes Wandbild mit einem Schäfer, der seine Schafherde durch die Heide führte. Immer wieder versuchte ich, die Schafe zu zählen, aber ich war noch zu klein und schaffte es nicht.

Für uns Kinder strickte Oma hellblaue und hellrosa Leibchen. Das waren hemdähnliche Kleidungsstücke, die wärmen sollten. Leider mochten wir diese Leibchen überhaupt nicht, denn sie kratzten erbärmlich auf unserer empfindsamen Kinderhaut. Es dauerte lange, bis sie damit aufhörte. Dafür kaufte sie dann für mich Angora-Unterwäsche, was auch nicht besser war.

Auf der rechten Seite der Stube standen zwei Sessel und ein runder Rauchtisch mit Glasplatte, der natürlich ebenfalls mit einem gehäkelten Deckchen verschönt wurde. Wie der Name sagt, wurde an diesem Tisch geraucht, denn mein Opa rauchte Zigarren oder Pfeife. War die Pfeife warm, dann duftete das aromatisch. Aber wenn der Rauch im Zimmer abkühlte, stank es recht eigentümlich. Gegen diesen Geruch half entweder Essigwasser, das in einer Kumme aufgestellt wurde oder ein Rauchmännchen. Dabei handelte es sich um eine kleine Lampe in Gestalt eines Schornsteinfegers, die auf dem Schrank stand, der sich zusätzlich an der rechten Zimmerwand befand. Diese Lampe hatte den Ruf, Rauch anziehen zu können. Das allerdings glaube ich bis heute nicht.

Ganz besonders spannend und schön waren die Weihnachtsfeste bei meiner Oma. In ihrer Wohnstube versammelten sich all unsere engsten Verwandten. Weit über zwanzig Personen passten dort hinein. Wir fühlten uns wie Sardinen in der Dose, aber es war gemütlich.
Meine Großeltern hatten viel zu tun, uns alle mit Essen zu versorgen. Wie schon gesagt, Eier gab es reichlich. Die wurden schon Tage vorher gesammelt. Aber Käse und Wurst und viele andere Leckereien gab es überdies zu essen. Welch eine paradiesische Fülle. Wir sangen Lieder und alle waren gut gelaunt. Sagen wir mal, beinahe alle.

Manchmal gingen die Männer nach draußen, um zu rauchen. Denn Weihnachten durfte im Haus nicht geraucht werden. Mein Großvater spielte den Weihnachtsmann und schlug kräftig von außen an die Küchentür. Wir Kinder mussten Weihnachtsgedichte vortragen oder Lieder singen. In der Zwischenzeit bereiteten die Frauen den Wohnzimmertisch vor und verwandelten ihn in einen Gabentisch. Die Türglocken zum Flur und nach draußen wurden betätigt. Für uns Kleinen war das alles spannend. Doch wir hatten keine Ambitionen, den groben Weihnachtsmann, der draußen so grölte, kennen zu lernen.

Schon Wochen vorher durften alle Angehörigen unserer Familie in den dicken und schweren Quelle-, Neckermann- und Schöpflinkatalogen blättern. Die Erwachsenen schrieben ihre Wünsche für den Weihnachtsmann auf und wir Kinder durften aus den bunten Spielzeug- und Bekleidungsseiten alles ausschneiden, worüber wir uns zu Weihnachten freuen würden. Ich weiß noch, dass die Älteren für zwanzig Mark und wir Kinder für zehn Mark auswählen durften.

Viele unserer großen und kleinen Wünsche wurden erfüllt. Wie meine Großeltern es schafften, für so viele Personen Geschenke zu besorgen, ist mir rätselhaft. Aber alle waren glücklich und zufrieden. Was mir allerdings partout nicht gefiel war, dass meine Oma zu Weihnachten für meine beiden kleinen Cousinen und mich so manches Jahr das gleiche karierte Kleidchen mit weißem Bubikragen anfertigen ließ. Als ich größer wurde, unterließ sie dieses Unterfangen zum Glück.

Als ich mit vierzehn Jahren endlich konfirmiert wurde, schenkten mir meine Großeltern Teile zu einem Silberbesteck. Meine Oma bestand darauf, dass ihre Namen eingraviert wurden. Zu meinem folgenden Geburtstag allerdings wollte ich partout ein ganz besonderes Geschenk von meiner Oma bekommen. Ich wünschte mir ein kleines silbernes Herz mit einem hellblauen durchsichtigen Stein. Mir war bewusst, dass es ein großes Geschenk war, denn eigentlich sollte ich Teelöffel für mein Besteck erhalten. Lange habe ich auf meine arme Oma eingeredet. Ich wollte so gerne ein Erinnerungsstück haben, und das bedeutete nun einmal *keinen* Löffel.

Wie glücklich war ich, als ich das ersehnte kostbare Herzchen zu meinem Geburtstag erhielt. Ich weiß noch den Preis. Es waren sechzehn Deutsche Mark. Vor lauter Angst, es zu verlieren, habe ich dieses Schmuckstück nur selten an meiner Kette getragen. Es ist das kostbarste Vermächtnis meiner von mir innig geliebten Oma.

Später, als ich dann zur Schule ging, blieb nur noch wenig Zeit für Besuche bei meinen Großeltern. Ich sollte grundsätzlich zu den Klassenbesten gehören und es später im Leben einmal besser haben als meine Mutter. So redete sie mir ein. Die Tage waren ausgefüllt mit Hausaufgaben, Mithilfe im Haushalt und Garten. Zum Spielen blieb mir nur noch wenig

Zeit. Aber neben aller Arbeit wollten meine Eltern, dass ich Freundschaften schloss und außerdem in einen Sportverein ging, um Gymnastik zu treiben. Dazu hatte ich überhaupt keine Lust und es setzte Prügel, als sie erfuhren, dass ich die Gymnastik schwänzte. Ich war unsportlich und konnte keinen Kopf- oder Handstand oder eine Flugrolle machen.

Mit Freundschaften tat ich mich ebenfalls schwer. Viel lieber verkroch ich mich mit meinen Büchern in irgendeiner Ecke oder malte, bastelte und klebte. Ich war gerne alleine, doch damit kam ich bei meinen Eltern nicht durch.

Als ich dann heranwuchs und in die 20 Kilometer entfernte Realschule fahren musste, sah ich meine Großmutter nur noch sehr selten. Sie hatte ein dickes linkes Bein, bewegte sich immer weniger und wurde von Jahr zu Jahr krummer im Rücken. Sie muss starke Schmerzen gehabt haben, doch sie sagte nie etwas darüber. Dennoch trafen wir uns ab und zu an den Wochenenden auf einen Kaffee. Jedoch begrenzte meine Mutter diese kostbaren Minuten auf ein Minimum und rief mich immer wieder zurück.

Obwohl meine Oma im Laufe der Zeit überaus vergesslich wurde, bedeutete sie mir nach wie vor sehr viel. Es war schlimm zu erkennen, dass ihr Geruchssinn ebenfalls schwächer wurde. So bemerkte Oma eines Tages nicht, dass ihre Grützwurst verdorben war. Als ich von der Schule nach Hause kam, stank das ganze Haus widerwärtig danach. Meine Mutter war total aufgelöst und forderte mich auf, sofort zu Oma zu gehen und ihr den Genuss dieser widerlichen Wurst zu verbieten. Sie war jedenfalls davon überzeugt, dass Oma auf mich hören würde.

Oma hatte sich in der Küche eingeschlossen. Erst nach langem Klopfen und Rufen öffnete sie mir die Tür. Als ich ihr sagte, dass die Wurst erbärmlich roch und verdorben sei, tätschelte sie mir nur die Wange und aß weiter davon.
Wir alle rechneten mit einer Fleischvergiftung der Großeltern, aber nichts geschah. Mein Vater sagte abends nur: *„Deutscher Magen kann alles vertragen.*" Dieser Satz blieb mir im Gedächtnis.

Meine Mutter trank während meiner Schulzeit leider viel Alkohol und oftmals durfte ich meine Oma nicht mehr besuchen. Beide Frauen hatten kein sonderlich gutes Verhältnis zueinander. Dieser Zustand war für mich unerträglich. Zeitweise wurde mir der Umgang mit ihr total verboten und so war es auch kein Wunder, dass die innige Verbindung zu meiner Oma verschwand. Ihre Welt wurde immer kleiner und meine dagegen wurde stetig größer.

Mein Onkel, der Maler, und mein Opa verstarben im Abstand von wenigen Wochen, als ich siebzehn Jahre alt war. Mein Großvater erlitt einen Schlaganfall, von dem er sich nicht mehr erholte. Mein Onkel verunglückte genau vier Wochen später tödlich auf dem Weg zu einer Innungsversammlung.

Durch diese Schicksalsschläge wurde meine Oma immer hinfälliger. Sie vergaß alles um sich herum und lebte in ihrer eigenen Welt. Auch sie erlitt mehrere Schlaganfälle. Bei einem schweren Sturz brach sie sich dann eines Tages den Arm. Da mein Opa im Krankenhaus verstarb, wollte sie auf keinen Fall dorthin gebracht werden. Sie ließ sich ihren Arm schienen und eingipsen und kam „auf eigene Gefahr" zurück nach Hause. Dort legte sie sich auf ihr Sofa und wollte nicht wieder aufstehen.
Meine Mutter kochte das Essen und sorgte sich nach Leibeskräften um sie, jedoch ohne Erfolg.

Es kam die Nacht, da Oma hinüberging in die lichtvolle Welt. Sie war schon tagsüber sehr unruhig. Meine Mutter wachte stundenlang an ihrem Sofa. Vater hatte sich an seinen Schreibtisch zurückgezogen und schien sich um alles nicht zu kümmern.
Um meiner Mutter die Möglichkeit zu geben, sich für ein paar Stunden auszuruhen, setzte ich mich zu meiner Oma ins Zimmer und kauerte mich in einen der Sessel. Mir war sehr

unheimlich zumute. Schließlich redete meine Oma die ganze Zeit leise und unverständliche Worte. Sie wälzte sich hin und her. Mir fehlten Mut und Kraft, ihre Hand zu halten. Für mich war diese Situation unerträglich und ich fühlte schreckliche Angst.

Als meine Großmutter dann immer lauter nach meiner Mutter rief, ging ich sie wecken. Daraufhin durfte ich endlich schlafen gehen, denn am nächsten Tag musste ich pünktlich zur Arbeit. Noch in dieser Nacht verstarb meine Oma.

Für mich waren mit dem Tod meiner Oma auch meine Kindheit und meine Jugend gestorben. Ich war neunzehn Jahre alt und hatte von diesem Tag an kein Zuhause mehr, keinen Rückzugsort. Meine Mutter gab sich von nun an ganz und gar dem Alkohol hin. Im Grunde genommen war sie eine warmherzige liebevolle Frau. Ich erinnere mich an gemeinsame Spiele, Kanon singen, an ihre klaren grünen Augen und ihre Hilfsbereitschaft, wenn Menschen in Not gerieten. Doch Alkohol verändert einen Menschen und Mutter verlor sich immer mehr. Mein Vater kam abends erst spät von der Arbeit und verkroch sich dann an seinem Schreibtisch oder vor dem Fernseher. Ich hatte keinen Ansprechpartner mehr und wurde doch erst mit einundzwanzig Jahren volljährig. Mit niemandem, außer mit Gott, konnte ich über alles reden.

Ich öffnete die Augen. Langsam kam ich aus der Geschichte meiner Vergangenheit zurück in die Gegenwart. Die Sonne hatte sich hinter dicken Wolken versteckt. Es war kühl geworden. Ich fröstelte, stand auf und ging ins Haus. Mein Sohn war gerade dabei, einen Kaffee zu kochen. Er schien zu wissen, was ich in diesem Moment dringend benötigte und das war nicht alleine der Kaffee. Es war das heimelige Gefühl, sich gemeinsame Zeit, Nähe und Wärme zu schenken. Still stand ich in der Tür und beobachtete, wie die kleine Ellen eifrig den Tisch deckte.

Erinnerung an Sophie

Es war ein sonnendurchfluteter heißer Sommertag. Am Himmel zeigte sich kein Wölkchen. Ich nahm den Kinderwagen, klappte die Seitenfenster auf und legte behutsam meinen schlafenden Sohn hinein. Mit einem leichten Tuch bedeckte ich seinen Körper und befestigte sorgsam den Insektenschutz an den dafür vorgesehenen Knöpfen der Ober- und Seitenteile des Wagens.
Wir gingen oft spazieren und der kleine Sven genoss es sehr. Er war ein ruhiges Baby. Kaum, dass er im Wagen lag und der Ausflug losging, öffnete er die Augen und schaute aufmerksam durch die Seitenfenster.

Das Dorf, in dem wir wohnten, war nur klein. Umsäumt war es von weitläufigen Wiesen und einem dunklen Tannenwald, durch den ein schmaler Pfad zu einem Bächlein namens Hese führte. Dort spielte mein älterer Sohn Markus gerne mit seinen Freunden. Ich wollte die Kinder nicht stören. Markus sollte sich nicht von mir kontrolliert fühlen.
So spazierten wir am Waldrand durch die Sommerhitze, Hier war es schattig und kühl. Kreuz und quer gingen wir durch den Ort, in dem viele Häuser in einer Neubausiedlung entstanden waren. Wir waren eine Weile gegangen, als sich unvermutet und bedrohlich eine scharf begrenzte dunkle, fast schwarze

Wolke am Himmel zeigte. Kaum entdeckt zuckte der erste Blitz bereits über das Firmament und ein Donnerschlag folgte sogleich. Unheimliche Stimmung lag plötzlich in der Luft und ich beschleunigte meine Schritte, fast rannte ich. Blitz und Donner folgten in kurzen Abständen als ich erleichtert die Reihenhäuser am Rande der Siedlung erreichte. Dort gab es bei den Eingangstüren kleine Vordächer, die Schutz vor Regen versprachen.

Atemlos stellte ich mich unter das erste Vordach. Der Regen prasselte einem Wolkenbruch gleich herunter. Wieder folgte der Donner unmittelbar auf den Blitz. Das Gewitter stand direkt über uns. Der aufkommende kalte Wind ließ mich in meiner dünnen Bekleidung erzittern. Während ich überlegte, ob ich eine der Klingeln betätigen sollte, öffnete sich bereits die Haustür und eine alte verhutzelte Frau zog uns förmlich in das Treppenhaus.

„Nun kommen Sie schnell herein. Sie werden ja ganz nass. Ihr Baby soll doch nicht krank werden.“

Unsicher sah ich die alte Frau an. Sie erinnerte mich an das Märchen vom kleinen Muck. Der große Kopf passte überhaupt nicht zu ihrer gedrungenen formlosen Figur. Unzählige Lachfältchen verzierten ihr Gesicht. Sie sah sehr freundlich aus und strahlte uns an.

Ich folgte ihr mit dem Kinderwagen über eine kleine Treppe in ihre Wohnung. Sven gefiel die fremde Umgebung überhaupt nicht und er fing gleich an zu weinen.

Die alte Dame eilte in das Zimmer nebenan und kam mit einem kleinen angeschmuddelten Teddy zurück. Ich schauderte. Schließlich war ich immer sehr pingelig und auf Sauberkeit bedacht.

Ich entfernte das Insektenschutznetz und nahm mein Baby behutsam auf den Arm. Schon fuchtelte die Alte mit dem Teddy vor seinem Gesicht herum. Sven freute sich unbändig über diese Abwechslung und zeigte sofort Vertrauen. Er lachte über das ganze Gesicht. Da ich seit einem schweren Autounfall über keinen Geruchssinn verfüge, machte mich die alte Dame auf den üblen Duft aufmerksam, den mein kleiner Schatz verbreitete.

„Nun wickeln Sie Ihr Kind erst mal. Und dann trinken wir gemütlich einen Kaffee."
Nachdem ich Sven mit einer sauberen Windel ausgestattet hatte, durfte ich auf dem mit einem alten gelben Wolltuch bedeckten Sofa Platz nehmen.

Sie musste Anfang bis Mitte siebzig Jahre alt sein. Mit ihren dünnen Beinchen, auf denen der gedrungene Körper saß, lief sie geschäftig durch die Wohnung. Sie deckte den Tisch mit ihrem guten Geschirr aus dem alten Wohnzimmerschrank und eilte dann zurück in die Küche, um den Kaffee zu holen.

Ein Blick in meine Kaffeetasse bedeutete nichts Gutes. Ein dicker schwarzer Rand alten Kaffeerestes zierte das goldgeränderte Stück. Schnell nahm ich die Tasse und kratzte mit dem Fingernagel den Sott heraus. Mangels Tuch nahm ich mein T-Shirt und schaffte es gerade noch, die Tasse damit auszuwischen. Schon kam die alte Dame zu uns zurück. Mit verschmitztem Lächeln setzte sie sich auf einen gepolsterten Stuhl mir gegenüber und fragte mich nach Strich und Faden aus. Wie alt ich sei, wie lange ich schon in dem Ort wohne, was mein Mann für einen Beruf hätte und so weiter und so fort.

Als sie endlich ihren Wissenshunger gestillt hatte, erzählte sie auch von sich. Sie berichtete, dass sie einmal Näherin gewesen war und früh ihren Mann verloren hatte. Sie hatte keine Kinder bekommen und auch sonst keine Verwandtschaft, außer einem entfernt verwandten, so genannten Neffen.

Sie stellte sich als „Sophie" vor und forderte mich auf, sie mit Vornamen anzureden. Wie ein junges Mädchen wippte sie in ihrem Sessel und freute sich des Lebens. Sie würde so gut wie nie Besuch bekommen, erzählte sie mir fröhlich. Aber sie würde sehr viele Menschen kennenlernen bei ihrem Weg in die nahe Stadt. Ich sah mich neugierig um. Ob sie wohl einen Staubsauger besaß? Der Fußboden ihrer Wohnung war über und über mit Krümeln bedeckt. Die Tür zur Terrasse stand offen und ließ zum Glück frischen Wind in das Zimmer hinein.

Ich schaute auf die Uhr. Zwei Stunden waren inzwischen vergangen. Die Sonne strahlte wieder vom Himmel. Es wurde Zeit, nach Hause zu gehen. Sophie verabschiedete uns herzlich. Sie bat mich, doch einmal wieder bei ihr vorbeizuschauen. Sie würde sich über meinen Besuch sehr freuen. Dann half sie mir, den Kinderwagen die Treppe herunterzutragen und blieb noch lange in der Tür stehen, um mir hinterherzuwinken.

Eigentlich hatte ich nicht vor, die alte Sophie noch einmal zu besuchen. Aber wenn ich an ihrem Reihenhaus vorbei ging, stand sie schon wartend hinter dem Fenster und winkte mir zu. Oftmals winkte ich zurück und ging weiter, aber dann schien sie mir doch sehr traurig zu sein. So besuchte ich sie hin und wieder.

Als mein Sohn älter war, drängte er mich dazu, Sophie zu besuchen. Er fühlte sich dort sehr wohl und freute sich über Saft und ein paar Kekse. Ganz brav saß er auf der ziemlich

schmutzigen Decke, die auf dem Sofa lag und antwortete lieb auf alle Fragen.
Wir trafen uns immer häufiger in ihrer Wohnung. Sophie kam uns nur ein einziges Mal besuchen. Sie fühlte sich wohl fremd in unserem Haus. Sie verließ ihre Wohnung zwar täglich, aber eben nur, um Lebensmittel einzukaufen, denn in unserem Dorf gab es ein Kolonialwarengeschäft.

Sophie war Sozialhilfeempfängerin. Sie hatte vierhundert Mark im Monat, erzählte sie. Ich glaubte allerdings, dass das geschwindelt war. Sophies Tage verliefen eintönig.
Manchmal fuhr sie mit dem Bus in die Stadt und kam dann abends zu Fuß mit ihrem gefüllten Handwägelchen nach Hause. Zwei Busfahrten konnte sie sich einfach nicht leisten. Sie kochte noch selber und war meist kerngesund.

Sophie war immer gut zu Fuß und hatte viel zu erzählen von ihren Einkäufen in der Stadt. So verging wohl kaum ein Tag, an dem sie nicht von irgendeinem Dorfbewohner in dessen Auto mitgenommen und nach Hause gefahren wurde.
Alle liebten diese Frau und sorgten sich um sie.
Ich konnte ihr leider nicht bei den Einkäufen behilflich sein, denn mein Mann benötigte unser Auto, um zur Arbeit zu fahren.
Ich kann mich nicht daran erinnern, wie alt mein Sohn war, als mir in den Kopf kam, Sophie in der Vorweihnachtszeit eine Freude zu

bereiten. Ich schleppte mein schweres Akkordeon bei eisiger Kälte zu ihrer Wohnung. Natürlich hatte ich meinen Besuch angekündigt. Wer schon einmal ein Akkordeon in der Hand gehalten hat, der weiß, wie schwer dieses Musikinstrument ist. Schon Tage vorher hatte ich geübt und notiert, in welcher Reihenfolge ich spielen wollte.

Sophie war sehr erstaunt, als ich mit Sohn und Quetsche bei ihr eintrudelte. Ob ich ihr mit meinem Weihnachtskonzert überhaupt eine Freude machte, weiß ich bis heute nicht. Die Musik schien für sie überhaupt nicht wichtig zu sein. Im Gegenteil, ich spürte ihr Unbehagen. Obwohl ich ohne Fehler spielte, schien sie erleichtert, als ich endlich fertig war. Sie kochte für uns Kaffee und freute sich über einen gemeinsamen Plausch.

Im Laufe der Zeit kamen wir uns näher. Ich wurde sogar zu Sophies Geburtstag eingeladen und saß unbehaglich auf meinem Platz zwischen lauter alten Damen aus der Nachbarschaft. Noch heute weiß ich nicht, was uns beide miteinander im Besonderen verbunden hat. Sie muss mich sehr gemocht haben. Vielleicht gehörten Svens und meine Besuche zu den Lichtblicken in ihrer Einsamkeit. Wenn ich mich verabschiedete, begleitete sie mich bis vor die Eingangstür und winkte mir lange nach. Dabei warf sie mir Handküsschen zu.

Eines Tages war Sophie krank und musste ins Krankenhaus gebracht werden. Sie bat mich, die Blumen in der Wohnung zu versorgen und die Bankgeschäfte zu erledigen. Sie gab mir eine Vollmacht, Geld für sie abzuheben. Mir war nicht wohl dabei, doch habe ich diese Arbeiten schließlich und gerne für sie erledigt.

Dann kam der Tag, an dem Sophie wieder nach Hause durfte. Sie bat mich, einige Lebensmittel einzukaufen. Mit gefüllter Plastiktüte kam ich in ihrer Wohnung an. Als ich den Kühlschrank füllen wollte, erstarrte ich. Diesen Schrank durfte man nicht mehr so nennen. Er war innen total verschimmelt. Daraufhin stellte ich die Sachen auf den Schrank neben ihrer Spüle. Es tat mir sehr leid, der Frau nicht helfen zu können. Meine finanziellen Möglichkeiten waren sehr eingeschränkt. Sie hätte dringend neue Küchengeräte gebraucht. Ich nahm mir vor, abends mit meinem Mann zu sprechen.

Sophie hatte kein Geld für einen neuen Kühlschrank. Sie grinste mich verschmitzt an und stellte die Lebensmittel einfach hinein. Sie war damit zufrieden.
„Mach dir bitte keine Sorgen darum. Ich lebe schon lange so", lachte sie mich an. Hilfe lehnte sie ab und ich wagte auch nicht, mich darüber hinwegzusetzen.
Das Bemerkenswerteste aber war, dass Sophie sich mir eines Tages anvertraute. Sie sparte

sich jede Mark vom Munde ab. Viel Kleidung benötigte sie nicht. Meistens trug sie einen schwarzen Kittel am Leib und darunter eine bunte Bluse. Sie eilte ins Schlafzimmer und zeigte mir stolz ihre silberfarbene Schatulle mit dem Ersparten. Sie hatte immer Angst, dass ihr Neffe diese Schatulle finden könnte. Dieser schien es auf ihr Geld abgesehen zu haben. Er war arbeitsscheu und wohl immer knapp bei Kasse. Jeden Geldschein, den Sophie nicht ausgab, versteckte sie im Saum ihrer dunkelblauen Schlafzimmervorhänge. Sie ließ mich diese Vorhänge anschauen und holte sich damit den Beweis, dass man dieses Versteck wirklich nicht finden konnte. Erstaunlich, aber wahr.

Als wieder einmal Herbstmarkt in der Stadt war, kam Sophie auf die Idee, dorthin zu fahren und endlich wieder Marktluft zu schnuppern. Am anderen Tag erzählte sie mir von ihren Erlebnissen. An allen Essbuden hatte sie genascht und probiert. Meistens musste sie nichts bezahlen. Und dann entdeckte sie das Riesenrad. Als sie einsteigen wollte, wollte der Aufsichtshabende sie daran hindern.
„Junge Frau", meinte er energisch. „Sie dürfen nicht mit ins Riesenrad. Wenn Sie mir dort oben einen Herzschlag bekommen, was soll ich dann mit Ihnen machen?"
Stolz konterte die alte Sophie: „Junger Mann, ich steige dort hinein. Sie können gar nichts

machen! Gönnen Sie mir man diese Freude. Ich bin jetzt über achtzig Jahre alt und bin noch nie Riesenrad gefahren. Einmal in meinem Leben möchte ich mir diesen Wunsch erfüllen. Und sollte ich dort oben tot umfallen, dann bringen Sie mich einfach runter und rufen den Arzt. Mehr können Sie dann nicht für mich tun. Aber das merke ich dann sowieso nicht mehr. Tot umfallen kann ich auch jetzt."

Und so kam Sophie doch noch zu ihrer Fahrt mit dem Riesenrad und war voller Freude darüber und glücklich wie ein kleines Kind.

Im Frühjahr darauf, Sven war gerade vierzehn Jahre alt, verließen wir beide unser Dorf und begannen im fernen Hessen ein neues Leben. In den Ferien besuchte er die alte Dame regelmäßig. Auch dann noch, als sie in das Seniorenheim der AWO eingewiesen wurde. Ich habe mit Sophie oft telefoniert. Sie war dort glücklich und fühlte sich geborgen. Das Schönste für sie waren die regelmäßigen Mahlzeiten. So viel und so gut hatte sie in ihrem ganzen Leben nicht zu Essen gehabt. Dass ihr obendrein die Wäsche gewaschen und gebügelt wurde, dass sie umsorgt und gepflegt wurde, bedeutete für sie den Himmel auf Erden.

Oft habe ich darüber nachgedacht, was aus ihrem vielen ersparten Geld geworden ist. Ob der Neffe die Vorhänge wohl einfach auf dem Müll entsorgt hat? Ich muss gestehen, dass ich damals Sophies Zuneigung und Liebe überhaupt nicht begriffen habe. Es tat einfach nur gut, zu sehen und zu erfahren, dass ich ihr mit meinen Besuchen Freude bereitete. Es machte mich glücklich, wenn ich ihr runzeliges Gesicht zum Lachen und Leuchten brachte.

Ich denke gerne an diese einfache, liebevolle, zufriedene alte Dame zurück. Sie war ein Licht in meinem Leben und im Leben meines Sohnes. Ihr verschmitztes Lächeln, ihr Lachen, ihre Zufriedenheit, ihre Genügsamkeit bewahre ich als Erinnerung und mit großer Dankbarkeit tief in meinem Herzen. Und wenn ich die Augen schließe und an sie denke, sehe ich heute noch, wie sie mir nachwinkt.

Gerda – eine rein geschäftliche Beziehung

Es war im Frühjahr 1995. Mein Sohn und ich wohnten gerade ein Jahr lang im hessischen Bad Sooden-Allendorf. Die Märchenwoche sollte gefeiert werden und man hatte bei mir nachgefragt, ob ich mich mit Kunst und einer Kindermalwerkstatt beteiligen wolle.

Da ich als Künstlerin noch relativ unbekannt war, sagte ich sofort zu, war allerdings sehr unruhig. Wie sollte ich meine Bilder und auch die Malmaterialien zum Veranstaltungsort bringen? Über ein eigenes Fahrzeug verfügte ich leider nicht. Der Ehemann einer Bekannten bot mir spontan seine Hilfe an. Als Raumausstattermeister half er sogar, die schäbigen Stellwände für die Ausstellung zu verschönern und mit Stoffen zu dekorieren. Ich war sehr gerührt über so viel Unterstützung. Ich war neu in der Gegend und hatte Eingewöhnungsschwierigkeiten. Der Neuanfang in Hessen fiel mir schwer und ich fühlte mich mitunter grenzenlos alleine. Eine schwere Zeit lag hinter mir. Das Geld war äußerst knapp und oftmals wusste ich nicht, wovon ich meinen Sohn und mich ernähren sollte. Arbeit war für eine ungelernte Kraft wie mich nicht zu finden.

Eine große Ausstellung im Herbst des Vorjahres in einer Bank hatte mir keinen nennenswerten Erfolg beschieden. Mir fehlte ein Atelier und ich arbeitete und wohnte in einer kleinen Dachwohnung direkt neben einer Pizzeria am Marktplatz.

Die im Mai stattfindende Märchenwoche konnte mir eventuell den ersehnten Erfolg bringen. Als Gegenleistung für eine Kunstausstellung hatte ich mich verpflichtet, an mehreren Tagen mit Kindern der Festbesucher Märchenbilder zu malen. Für diese Arbeit wurde mir ein großer heller Raum angeboten und genügend Papier und Stifte zur Verfügung gestellt. Das Märchenmalen fand regen Zuspruch und als Belohnung erhielt ich mehrere Anfragen für Privatunterricht von Kindern und Erwachsenen bezüglich Aquarellmalerei. Die erste Hürde auf dem Weg in die Selbständigkeit als Künstlerin war genommen.

Meine Ausstellung fand am letzten Wochenende der Märchenwoche statt. Die Besucher der Ausstellung waren voll des Lobes. Die Stunden vergingen durch die vielen Gespräche mit den Kunstinteressierten sehr schnell.

Mit einigen neuen Bekannten sprach ich in den besuchsleeren Zeiten über meine gerade abgeschlossene Reiki-Ausbildung. Ich war von dieser Methode, Heilenergie auf Menschen zu übertragen, absolut begeistert. Meine Tätigkeit als Reiki-Geberin hatte sich im Ort schnell herumgesprochen und sogar Fremde kamen zu mir, um sich von mir helfen zu lassen. Mir machte diese Arbeit sehr viel Freude.

Während ich also auf der Märchenwoche mit einigen Interessierten im Gespräch war, kam eine Dame unbekannten Alters auf mich zu.

„Ich habe gerade Ihre Unterhaltung verfolgt", sprach sie mich schüchtern an. „Ich möchte Sie fragen, ob ich zu Ihnen kommen darf, um mich behandeln zu lassen. Ich habe gerade meinen Mann verloren und fühle mich momentan sehr schlecht. Meine ganze Kraft habe ich für die Pflege meines Mannes verbraucht. Ich gehe zwar zur Akupunktur, aber das hilft mir nicht so sehr, wie ich es für mich wünsche."

Voller Interesse sah ich die alte Dame an. Klein, scheu und zerbrechlich stand sie vor mir, eingehüllt, trotz der warmen Frühlingssonne, in einen weiß-grau karierten Wollmantel, der ihr bis zu den Waden reichte. Ihr Gesicht zeigte nur wenige Falten, dennoch schien sie über siebzig Jahre alt zu sein. Die Haare waren dauergewellt, grau und schütter. In ihren Augen leuchtete es warm und sehnsuchtsvoll. Ich konnte ihrem Blick nicht widerstehen.

„Ich weiß nicht, ob ich Ihnen helfen kann", antwortete ich befangen. „Ich sammele gerade meine ersten Erfahrungen, kann Ihnen aber versichern, dass viele meiner Patienten absolut zufrieden sind und in regelmäßigen Abständen zu mir kommen."

Wir vereinbarten einen ersten Termin, den die alte Dame auch einhielt. Mangels einer Behandlungsliege musste ich in meiner Zweizimmerwohnung den Esszimmertisch frei räumen. Dieser diente zugleich als Arbeitstisch für meine Aquarellkurse. Auf den Tisch legte ich eine weiche Yogamatte, damit das Liegen darauf nicht zu unbequem war. Eine Wolldecke, ein mit Handtuch bedecktes Kopfkissen und eine Knierolle machten das lange Liegen darauf etwas gemütlicher.

Die alte Dame wollte bereits bei ihrer ersten Behandlung mit ihrem Vornamen angeredet werden und stellte sich als „Gerda" vor. Sie erzählte mir, dass sie über drei Nieren verfüge und somit sehr oft zur Toilette laufen müsste. Es war gut, dass sie mir alles bereits im Vorfeld berichtete, denn meine Arbeit wurde tatsächlich alle fünfzehn bis dreißig Minuten unterbrochen. Gerda lachte darüber und auch ich gewöhnte mich daran.
Sie genoss die eineinhalb Stunden dauernde Prozedur in vollen Zügen und legte einen großzügigen Lohn in meinen Spendentopf. Davon konnte ich eine ganze Woche lang Essen kaufen.
Da bei der Grundbehandlung mit Reiki an vier aufeinander folgenden Tagen gearbeitet wird,

dachte ich, es wäre der Lohn für diese vier Tage. Doch ich hatte mich geirrt. An den nächsten Tagen wurde mir ebenfalls eine außergewöhnlich hohe Summe geschenkt. Fast hatte ich ein schlechtes Gewissen.

Gerda sah nicht so aus, als wäre sie mit Geld gesegnet. Ich hielt sie für eine gebildete Frau aus einfachen Verhältnissen. Provokativ schaute sie sich in meiner Wohnung um. Alles war gemütlich und schön eingerichtet. Sie schien aber hinter meine Fassade zu blicken und meinte nur: „Ich glaube, Sie können das Geld gut gebrauchen. Schließlich haben Sie ein Kind zu versorgen. Ich bin alt und wer weiß, wie lange ich noch zu leben habe. Sie aber haben das Leben noch vor sich. Ihre Behandlung tut mir gut. Ich spüre die Liebe und Wärme, die Sie mir geben. Lassen Sie mich einfach etwas zurückgeben. Übrigens würde ich mich sehr freuen, wenn wir das *Sie* gegen ein vertrautes *Du* tauschen könnten. Ich habe nämlich vor, jede Woche einmal zu dir zu kommen. Mir tut die Behandlung sehr gut und ich fühle mich wie neugeboren."
Erstaunt sah ich meine Patientin an. Ihr Lächeln ermunterte mich, auf ihren Vorschlag mit dem persönlichen Du einzugehen. Von nun an kam Gerda wöchentlich.

Bevor ich mit einer Reiki-Behandlung beginne, versenke ich mich in meinem Herzen und spreche mit Gott. Anders könnte ich mir Reiki einfach nicht vorstellen. Nach diesem Gebet sehe ich förmlich das Licht aus meinen Händen strahlen und spüre Wärme und Liebe in mir. Mitunter sehe ich vor meinem inneren Auge sogar, worunter der mir Anvertraute wirklich leidet.

Gerda kam inzwischen fast ein Jahr zu mir. Sie erzählte privat sehr wenig von sich, dennoch fühlten wir uns durch die Arbeit innig verbunden. Ich genoss ihre Wärme und Mütterlichkeit, ihr Lächeln, ihre Umarmung. Obwohl sie nach den Behandlungen frisch, fröhlich und wie neugeboren von der Liege sprang, bemerkte ich ihre innere Traurigkeit. Außerdem hustete sie von Woche zu Woche mehr. Eines Tages, für mich ganz unverhofft, sah ich während der Behandlung Gerdas Lunge deutlich vor meinem inneren Auge. Sie war dunkel beschattet und ich spürte eine große Trostlosigkeit, die durch den Tod des Ehemannes hervorgerufen wurde, darauf lasten. Ich wusste, dass Gerda nur noch wenig Lebensfreude besaß und die Berührung durch mich und unsere regelmäßigen Treffen in vollen Zügen genoss. Während mir Bilder und Visionen erschienen, bekam ich eine Ahnung von dem, was geschehen würde. Dann schien eine innere Stimme zu mir zu sprechen: *„Sie hat noch ungefähr sechs Monate Lebenszeit. Du bist verpflichtet, darüber zu schweigen. Für dich* *gibt es nichts zu tun, als ihr diese Behandlungen zu schenken, so lange es möglich ist. Irgendwann wird sie dich fragen, wie es um sie steht. Erst dann darfst du ihr Auskunft geben. "*

Mir war ganz unheimlich zumute und am liebsten hätte ich laut los geweint. Von nun an konnte ich mich über Gerdas Besuche, die Behandlungen und ihre großzügigen Gaben nicht mehr freuen. Ich spürte, wie sie immer mehr verfiel und ich ihr nicht helfen konnte. Sie begann, von ihrer Todessehnsucht zu sprechen und wie sie sich darauf freute, bald wieder mit ihrem Mann vereint zu sein.

Eines Tages rief Gerda an, um mich zu informieren, dass sie dringend ins Krankenhaus müsse. Ich war bestürzt und fragte, ob ich irgendetwas für sie tun könne. Sie verneinte und beruhigte mich.
Zu dieser Zeit machte mein Sohn im Krankenhaus des benachbarten Ortes ein Praktikum. Eines Tages kam er aufgeregt zu mir.
„Mama, ich habe heute ein Gespräch gehört, dass die Ärzte führten, als sie aus Gerdas Zimmer kamen."
Erschrocken sah ich ihn an.
„Bitte, sag schon, was ist mit Gerda?"
„Ich hörte nur Ausschnitte, denn ich hatte mehrere Aufträge zu erledigen. Sie sagten nur,

dass niemand der alten Dame von ihrer Krankheit erzählen dürfe, weil sie sonst ihren Lebensmut verlieren würde. Man will Gerda so schnell wie möglich in eine Lungenfachklinik verlegen."

Ich ahnte Schlimmes. Sollte sich meine Vision tatsächlich erfüllen? Tränen traten mir in die Augen. Gerda rief mich in den darauf folgenden Tagen an und bestellte mich in ihre Wohnung. Mit ungutem Gefühl machte ich mich auf den Weg. Die Wohnung war groß und geräumig. Alles war vornehm eingerichtet. Gerda lebte in vollkommenem Wohlstand, auch wenn sie das durch Äußerlichkeiten wie der Bekleidung nicht zeigte. Sie packte ihre Koffer und regelte ihre Finanzen so, als würde sie bereits in ein bis zwei Wochen wieder entlassen werden.
Wir verabschiedeten uns schweren Herzens voneinander. Mit einem Besuch in der weit entfernten Klinik sollte ich noch warten.

Nach einigen Wochen konnte ich unsere Trennung nicht mehr aushalten und besuchte Gerda in der Lungenfachklinik Immenhausen. Sie lag im Bett, setzte sich aber sofort auf, als sie mich sah.

„Brigittchen!", freute sie sich. „Wie schön, dass du da bist." Sie schien sehr schwach und zerbrechlich, doch wollte sie sich unbedingt ankleiden und mit mir durch den angrenzenden

Park gehen. Die Krankenschwester lächelte und hatte keine Einwände.

Wir gingen langsam über schier endlos lange Flure nach draußen und ich wunderte mich über die Kraft, die diese zarte Person aufbrachte, um die schmalen Treppen und Wege bis zum Wald zu überwinden. Nach einer halben Stunde jedoch bemerkte ich ihre Schwäche und brachte Gerda wieder zurück in ihr Zimmer. Wir verabredeten uns für weitere Besuche. Sie war voller Freude. Ihre Augen glänzten vor Freude und ihr Gesicht strahlte rosig und frisch.

Unser letzter Besuch fand kurz vor Ablauf der angekündigten sechs Monate statt. Voller gemischter Gefühle betraten wir das Krankenzimmer. Gerda saß bereits auf ihrer Bettkante, als wir das Zimmer betraten.

Eindringlich sah sie mich an und fragte mit ernster Stimme: „Brigittchen, bitte sag mir ehrlich, gibt es noch Hoffnung für mich?"

Ich fühlte mich wie vom Blitz getroffen. Jetzt also war meine Stunde gekommen. Ich durfte, ich musste ihr die Wahrheit sagen. Doch wie?

Ihre Augen waren fordernd auf mich gerichtet. Es gab kein Entkommen. Ich nahm Gerda sanft in meine Arme. „Ach Gerda!", ich seufzte tief auf. „Du hast ja bereits das Licht kennen gelernt, wenn du von mir Reiki bekommen hast. Wenn du in der nächsten Zeit das große

Licht innerlich siehst, dann gehe einfach darauf zu und atme es ein."

Gerda sank langsam nach vorne, legte ihren Kopf an meine Schulter und weinte. Sie ließ sich wie ein Kind sanft von mir wiegen.
Dann legte sie sich wieder hin und sagte eine Weile nichts mehr. Ich schob einen Stuhl an das Krankenbett und hörte einfach nur zu. Sie begann, langsam und stetig vor sich hin zu reden. Das geschah mal klar und deutlich und mal verschwommener. Sie kam bis ungefähr zu ihrer Kindheit. Ihre Stimme war kaum noch verständlich. Da Gerda auf meine Ansprache nicht mehr reagierte, verabschiedete ich mich leise von ihr, doch sie ergriff meine Hand und hielt mich fest. Sie wollte mir unbedingt zum Abschied ihre goldene Uhr schenken. Ich brachte kaum einen Ton heraus und konnte dieses Geschenk nicht annehmen. Hilflos stammelte ich nur, es wäre viel zu früh, diese Uhr zu verschenken und floh regelrecht aus dem Zimmer. Schweren Herzens winkte ich ihr ein letztes Mal zu, bevor ich die Tür hinter mir schloss.

Ich habe Gerda nicht mehr wiedergesehen. Sie schlief einige Tage später ruhig ein. Entfernt Verwandte riefen mich kurz an, um mir die Nachricht von ihrem Tod zu überbringen. Gerda wurde seebestattet. Mir fehlte das Geld, um an ihrem Begräbnis teilzunehmen. Zu den

Verwandten konnte ich keine Beziehung entwickeln.

Später habe ich es zutiefst bedauert, die Uhr nicht angenommen zu haben. Ich hätte dieses Andenken in meine Hände nehmen und dadurch vielleicht ihre Wärme und Nähe spüren können.

Gerda hinterließ in meinem Leben eine große Lücke. Manchmal sehe ich sie vor meinem inneren Auge und dann immer noch in ihrem weiß-grau karierten Mantel, den sie Sommer wie Winter trug.

Für mich war sie mehr als nur eine Patientin. Sie ist ein Teil meines Lebens, meiner Vergangenheit und erhellte mein Leben auf ihre einfache und liebevolle Art. Fast könnte ich sie Freundin nennen. Dafür bin ich sehr dankbar.

*

Gretel

Wir schrieben das Jahr 1998, als wir in das alte weiß gestrichene Haus am Rande von Bad Sooden-Allendorf einzogen. Monate zuvor hatte ich von diesem Haus geträumt. Es hatte einen kleinen Vorgarten und im hinteren Teil des Grundstücks einen Gemüsegarten, in dem zahlreiche Obstbäume standen. Als wir uns mit dem Makler vor dem Haus trafen, wusste ich sofort, dass es dieses Haus sein musste.

Alte Zementplatten führten in einem leichten Bogen um das Haus herum. Das Grundstück endete mit einer Hecke aus Liguster und einer Holzpforte, die zu den Wiesen und Weiden führte. Hinter dem Anwesen gab es keine Bauplätze mehr und wir hatten eine herrliche Aussicht zur ehemaligen Grenze zu Thüringen.

Ein Jahr lang hatten wir hart gearbeitet und renoviert. Ungefähr zwölf Tapetenschichten lagen übereinander, als mein Sohn anfing, die klebrigen Schichten aus unserer zukünftigen Küche zu entfernen. Wir hatten viel Arbeit mit der Renovierung. Das Haus schluckte sämtliche Ersparnisse und mein Mann hatte alle Hände voll zu tun. Aber es war unser Traumhaus. Wir wussten, die Zimmer und Außenanlagen würden einmal all unsere Bedürfnisse und Wünsche befriedigen.

Mein Mann war ein begnadeter Handwerker. Für ihn war eine Arbeit nie zu schmutzig oder zu schwer. Er verlegte sämtliche Rohr- und Elektroleitungen neu und baute sogar die Heizungsanlage. Nichts schien für ihn unmöglich zu sein. Die Arbeiten wurden allesamt geprüft und für sehr gut befunden.

Nach dem Einzug bemühten wir uns um guten Kontakt zu den Nachbarn. Es fiel uns leicht, denn die meisten Bewohner dieser alten Siedlung waren ehemalige Flüchtlinge aus Schlesien. Ich fühlte mich in unserem Haus und der Umgebung sofort wohl, schließlich kam meine Mutter aus Ostpreußen und war in den Kriegswirren im Treck über die Ostsee geflohen. Das schwere Blut, die Melancholie, die tiefe Sehnsucht nach Heimat und Familie hatte ich von ihr geerbt.

Wenn sie von ihrer Heimat erzählte, hatte ich das Gefühl, dort selbst gelebt zu haben. Ich verstand ihre Lieder, die sie oft und gerne sang. Sie hatte mir oft von den kalten schneereichen Wintern erzählt, von Schlittenfahrten und Glockenklang, von Fellmützen und kleinen kräftigen Pferden. Sie erzählte von der Armut ebenso, wie sie von dem unendlichen Reichtum weiter Getreidefelder berichtete. Ich spürte ihr Heimweh und fühlte es auch in mir. Meine Nachbarn waren in dem Alter meiner Mutter.

Meist lebten die erwachsenen Söhne oder Töchter noch mit im Hause.

Als ich meine Nachbarin Gretel kennenlernte, war mir, als hätte ich eine zweite Mutter geschenkt bekommen. Die zahlreichen Kinder lebten nah und fern und alle trafen sich an Gretels Geburtstag und bevölkerten das Nachbarhaus und den Garten. Es war immer sehr schön, die große Familie zu sehen.

Alle waren freundlich zu uns und ich fühlte mich von ihnen angenommen. Meine Nachbarn waren allesamt hilfsbereit und freundlich. Gretel war schon betagt und kränkelte mitunter. Da ich seit Jahren Reiki-Behandlungen durchführte, bot ich ihr eines Tages an, diese einmal auszuprobieren. Lächelnd willigte sie ein. Mit meiner inzwischen angeschafften weichen Kofferliege tauchte ich bei ihr auf und sie vertraute sich mir an. Ich freute mich, als es ihr anschließend besser ging. Sie hüpfte herum wie ein junges Mädchen.
„Schauen Sie mal, wie ich hüpfen kann. Fast wie früher. Sie haben mich aber richtig aufgepulvert!"
Dieser Ausdruck amüsierte mich sehr. Ein wenig ungläubig schaute ich sie an. Auch hatte ich Angst, sie könnte bei ihrem Rumgehüpfe stolpern und sich die Füße brechen. Aber sie blieb dabei und bestellte mich für die nächste Woche wieder zu sich. Allerdings wollte sie

lieber sitzen und ich sollte die Liege zu Hause lassen.

Täglich trafen wir uns, im Garten vor dem Haus am Maschendrahtzaun. Wir hielten muntere Schwätzchen und sie holte für meine Hündin mehrmals täglich aus der Küche ein paar Leckerlis. Es tat mir gut, die Zuneigung meiner Nachbarin zu spüren. Manchmal strich sie liebevoll über mein Gesicht. Noch nie hatte ich so etwas erlebt. Mein Gesicht hatte selten Streicheleinheiten erhalten und ich deutete das damals so, dass ich einfach zu hässlich sei. Doch nun war Gretel da und streichelte über meine Wangen. Ich genoss diese Zärtlichkeit sehr.

Dann kam ihr Geburtstag und auch ich wurde eingeladen. Die gesamte Familie traf sich in einem Dorfgasthaus im benachbarten Klein-Vach. Dieser Ort liegt idyllisch an der Werra. Man muss über eine große Brücke fahren, um dorthin zu kommen.
Ein großer Tisch war liebevoll eingedeckt und der Wirt freute sich, die Familie zu sehen. Es war Tradition, dass Gretels Geburtstag dort gefeiert wurde. Ich fühlte mich glücklich und angenommen, so als wäre ich eines ihrer Kinder und oftmals hatte sie solches auch selber in unseren Gesprächen angedacht. Ihre Töchter und Söhne plauderten mit mir, als wäre ich eine

alte Bekannte und alle waren fröhlich und guter Laune.

Von nun an durfte ich in jedem Jahr an den Geburtstagen von Gretel dabei sein und oftmals auch neben ihr sitzen. Langweilig wurde uns dabei nie. Sie erzählte oft von der Flucht. Manchmal berichtete sie von ihrer Kindheit, die sehr schwer war, da die Mutter verstarb und die neue Frau des Vaters sie nicht mochte. Sie vertraute mir sehr viele Geschichten an. Wenn sie von ihrer Hochzeit in schlesischer Tracht sprach, leuchteten ihre Augen. Leider war in ihrer Ehe etwas vorgefallen, was sie sehr belastete. Sie erzählte mir darüber bei jeder Behandlung.

Sicher, ich bekam für meine Arbeit von ihr Geldgeschenke. Der Sohn schenkte ihr später sogar die Behandlungen und freute sich darüber, dass sie jedes Mal danach so glücklich und zufrieden war.
Dennoch hatte ich immer ein ungutes Gefühl, wenn die Kinder nach ihr schauten und ich bei ihr in der Küche war. Ich weiß nicht warum, aber ich hatte immer Angst, sie könnten eifersüchtig sein. Ich arbeitete viel mit Gretel an ihrem Verständnis für die Vergangenheit. Sie war von ihrem Mann tief verletzt worden und ich sprach mit ihr über Vergebung und inneren Frieden. Obwohl ich mich wunderte, woher ich den Mut nahm, so offen mit ihr zu reden,

bemerkte ich, wie gut ihr die Anteilnahme und diese ernsten Gespräche taten.

Sie war für mich wie eine Freundin. Wir redeten uns zwar immer mit Nachnahmen und „Sie" an, aber das hatte mit meiner Achtung vor ihrem Alter zu tun. Für mich war sie eine liebevolle Mutter oder auch Großmutter. Ein Leben ohne sie konnte ich mir überhaupt nicht mehr vorstellen.

Meistens kletterte ich über den Maschendrahtzaun unserer Grundstücksgrenze, um zu ihr zu kommen. Sie hatte immer Angst, ich könne mich dabei verletzen oder stürzen. Jedoch fühlte ich mich jung genug und war auch nicht gänzlich unsportlich.

Eines Abends rief sie mich ganz aufgeregt zu sich hinüber und wir setzten uns in ihre Küche.

„Stellen Sie sich vor, was mir heute passiert ist!" Sie war ganz aufgeregt. Ich war am Nachmittag im Garten. Da wollte ich mich ein wenig hinsetzen. Es war noch weit bis zu meiner Bank, aber da sah ich den großen Weidekorb umgedreht stehen und setze mich darauf. Den Boden habe ich eingedrückt und saß mit meinem Hintern so fest in dem Korb drin, dass ich nicht wieder aufstehen konnte."

Ich konnte es nicht ändern, ich musste lachen und konnte mich einfach nicht mehr beruhigen.

Die Vorstellung, wie die alte Dame im Weidenkorb feststeckte, war einfach zu komisch.

„Und, wie sind Sie wieder herausgekommen?" Ich prustete immer noch vor Lachen.

„Das war vielleicht schlimm. Auf der Straße lief glücklicherweise niemand vorbei. Ich wollte ja nicht, dass man mich so hilflos sah. Dann dachte ich mir, ich lasse mich einfach auf die Seite fallen und rolle bis zur Treppe. Das habe ich dann auch gemacht. Ich bin nur froh, dass mich keiner gesehen hat, wie ich mit dem Korb durch die Gegend kullere. Na, und dann habe ich mich am Treppengeländer festgehalten und konnte mich endlich befreien."

Gretel sah fragend in mein lachendes Gesicht. Fast schien sie über mein Lachen entsetzt zu sein.
„Bitte entschuldigen Sie, aber das Ganze ist doch zu komisch. Ich versuche wirklich, mich endlich zu beherrschen, aber es geht nicht." Voller gespielter Verzweiflung sah ich sie an. Da schien auch in Gretel ein Damm zu brechen und wir lachten und lachten.

Das Alter machte sich dann doch bemerkbar und Gretel wurde hinfälliger. Die Behandlungen hatten nicht mehr den gewünschten Erfolg, ihre Kräfte schwanden zusehends. Mehrfach wurde sie ins Krankenhaus gebracht und kam dann nur noch schwächer zurück. Oft sah ich den Arzt kommen und gehen und ich machte mir viele Sorgen und Gedanken um meine heimlich genannte Omi.

Es ging auf ihren neunzigsten Geburtstag zu. Den neunundachtzigsten hatten wir noch großartig gefeiert. Als Gretel nun immer kränker wurde, versuchte ich sie ein wenig aufzumuntern.

Ich sagte ihr, wie sehr ich mich schon auf ihren 90. Geburtstag freuen würde und auch auf das Zusammensein mit ihren Kindern.

Gretel sah mich müde an. „Ich glaube nicht, dass es soweit kommt", meinte sie. Mich machten ihre Worte traurig, aber ich ließ es mir nicht anmerken.

Und dann kam der Tag, an dem Gretel ins Krankenhaus gefahren wurde und dort über längere Zeit blieb. Ich besuchte sie, so oft es mir möglich war. Sie freute sich sehr über meinen Besuch.

Eines Tages zeigte sie zum Fenster. „Wen haben Sie denn da mitgebracht?", fragte sie neugierig.

Ich schaute zum Fenster, konnte aber niemanden entdecken. Ich wusste jedoch, dass viele Menschen ihren Engel schon vor ihrem Tod sehen können.

So fragte ich vorsichtig, ob der Mann draußen stünde oder sich schon im Zimmer befände.

Gretel sah mich an und bekräftigte, dass er noch draußen wäre.

„Es ist ein Engel", bemerkte ich nur.

„Was Sie alles können", strahlte Gretel mich an. Sie war fest davon überzeugt, dass ich diesen Engel mitgebracht hatte.

Von diesem Tag an ließ sich Gretel keine Reiki-Behandlung mehr von mir geben. Nach dem Krankenhausaufenthalt war sie sehr schwach und kam in das neu eröffnete Geriatrie-Zentrum. Dort lag sie in einem Gitterbett in einem winzigen Raum und mir war vor Trauer ganz schlecht.

An einem Wochenende begleitete mich mein Mann und ich war froh, ihn an meiner Seite zu haben. Gretel aß nichts mehr und wollte oder konnte auch nichts mehr trinken. Ein Schälchen mit Wasser stand an ihrem Bett und so konnten wir wenigstens ihre Lippen befeuchten. Ich fragte sie, ob ich ihr Reiki geben solle. Sie aber war zu schwach für eine Antwort. So schlug ich vor, sie möge meine Hand fest drücken, wenn sie es nicht wolle und sie drückte meine Hand ganz fest.

Als ich Gretel fragte, ob ich den Pfarrer holen solle, schüttelte sie leicht den Kopf. Ich brauchte all meinen Mut, um sie zu fragen, ob sie mit mir das Vaterunser beten wolle. Sie öffnete die Augen, ein leichtes Lächeln umspielte ihre Lippen und sie nickte kaum merklich. Da faltete ich ihre Hände, legte meine auf die ihren und wir beteten mit ihr.

Gretel schloss die Augen und ich ahnte, dass sie nun schlafen wollte. Ich wusste, es war Zeit, Abschied zu nehmen. Mein Mann und ich gingen schweren Herzens nach Hause. Ich ahnte, ich würde sie nie mehr wiedersehen.

Gretels Beerdigung war für mich ein schwerer Tag. Natürlich begleitete ich die Familie bei diesem schweren Gang. Und wieder stand mein Mann an meiner Seite. Es war ein trüber regnerischer Tag. Alle Angehörigen waren gefasst und standen nah beieinander während der Zeremonie.

Als die Urne herabgelassen wurde, fühlte ich mich total hilflos und alleingelassen. Ich konnte meine Tränen nicht mehr zurückhalten. Hemmungslos begann ich zu weinen, doch plötzlich geschah ein kleines Wunder. Ein Sonnenstrahl glitt durch die dicke Wolkendecke und eine Amsel kam im Sturzflug von rechts direkt vor meine Füße geflogen, um dann ohne zu landen nach links in den Himmel aufzusteigen. Der Sonnenstrahl verschwand.

Ich habe diesen Moment tief in meinem Herzen bewahrt, denn ich empfand den Flug der Amsel als einen letzten und lieben Gruß meiner Omi Gretel.

Nachdem sie von dieser Welt gegangen war, wurde auch der Kontakt zur übrigen Familie

immer schwächer. Ein paar Jahre später verließ ich Bad Sooden-Allendorf.
Geblieben sind mir wundervolle Erinnerungen an Lichtpunkte meines Lebens.

Jetzt lebe ich an der Küste. Wenn ich mit meinem Mann spätabends durch die Dunkelheit gehe und über die Elbe oder die Nordsee schaue, blinken über mir in klaren Nächten unzählige Sterne. Auch auf dem Wasser, über der Elbe wie auch über der Nordsee, blinken in der Ferne kleine Lichter. Sie erinnern daran, dass wir nie alleine sind und wir uns alle auf unserem Weg durch dieses Leben begleiten. Auch Menschen sind wie die Sterne. Obwohl sie lange schon erloschen sind, ist ihr Leuchten immer noch sichtbar.
Wir erfahren nur selten, für wen wir selber Lichtpunkte sind und wessen Leben wir ein wenig heller machen. Aber wenn wir uns umschauen, sehen wir die vielen Lichter in unserem Leben, die dieses so kostbar und einzigartig machen.

Brigitte Anna Lina Wacker, geboren 1953 in Voigtding, jetzt Wingst, lebt und arbeitet als freischaffende Künstlerin in Cuxhaven. Bereits in ihrer Kindheit schrieb sie Gedichte. Als Jugendliche widmete sie sich der Porträtmalerei.
Nach einem folgenschweren Unfall veränderte sich schlagartig ihr Leben. 1987 begann sie, sich mit Malerei ernsthaft zu befassen und in zahlreichen Kursen ausbilden zu lassen. Zur gleichen Zeit schrieb sie ihre ersten lyrischen Verse.

Im Jahr 2000 erschien ihr erster Kunst-Lyrik-Bildband im Eigenverlag.
2005 folgte ein Engelbildband in limitierter Auflage.
Veröffentlichungen ihrer Kurzgeschichten und Gedichte erfolgten in diversen Anthologien des Wolkenreiter-Verlags Fuldatal und in ihrem ersten Buch „Gefühlt-Gespürt-Geträumt".
2011 wurde ihr Gedicht „Ich bin" in der Jokers-Gedichte-Datenbank der besten deutschsprachigen Gedichte veröffentlicht.
2012 wurde ihr Gedicht „Wunder Engel" in die Anthologie „Einfach nur ein Engel", net-Verlag, aufgenommen.
Seit 2012 erschienen diverse Kurzgeschichten, Bildbände und Märchen im BoD-Verlag.

Weitere Bücher von Brigitte A. L. Wacker:

Der kleine Apfel Balthasar
Ein Märchen für Kinder und Erwachsene
ISBN 978-3-7357-8263-2

Das Märchen vom kleinen Sternchen
für Erwachsene und Kinder
ISBN 978-3-7357-7883-3

Hein Wattwurm auf Reisen und andere Geschichten
ISBN 978-3-8482-0266-9

Kita – Vier Pfoten, eine Liebe
die Geschichte eines Hundes
ISBN 978-3-7322-4902-2

Paula
Erlebnisse mit einem Hund
ISBN 978-3-7357-4303-9

Solaras Traum
eine magische Begegnung
ISBN 978-3-8482-2978-9

WUNDERSAM
wahre Geschichten
ISBN 978-3-7431-0904-9

Blumen und Stillleben
Bilder in Aquarell, Acryl und Pastellkreide
ISBN 978-3-7528-3111-5

Liebevolle Wünsche und Gedanken für Dich
ISBN 978-3-7357-1764-1

Abschied von Robert
eine wahre Geschichte
ISBN 978-3-8482-1356-6

Und alles nur aus Liebe
Roman
ISBN 978-3-8482-1773-1

Lass meine Hand nicht los
eine Liebesgeschichte in Bad Sooden-Allendorf
ISBN 978-3-7431-4307-4

Sehnsucht lag am Wegesrand
Gedanken, Bilder und Gedichte
ISBN 978-3-7386-1139-7

Malerisches Bad Sooden-Allendorf
Stadt- und Landschaftsbilder
ISBN 978-3-7412-2604-5

Malerische norddeutsche Landschaften
Bilder in Aquarell, Pastellkreide, Acryl
ISBN 978-3-7412-0913-0

Das Tortenstück und mehr
Heiteres und Besinnliches
ISBN 978-3-7504-0795-4